瘋狂機器人湯

ROBO-SAUCE

作者
亞當·魯賓

繪者
丹尼爾·薩米瑞

譯者
謝靜雯

嘿，小鬼！ 這套機器人道具服很不賴，

很適合用來對付溼溼軟軟的人類。

機器人-戳戳！

機器人-搶搶！

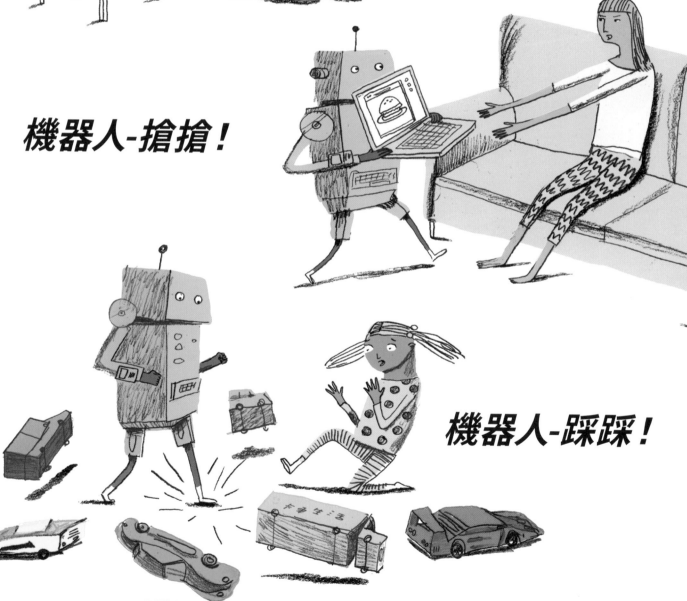

機器人-踩踩！

你的家人都到哪裡去了？
他們不知道扮成機器人有多好玩嗎？

如果你是貨真價實的機器人，一定會受大家歡迎。真正的機器人用雷射當眼睛、火箭當雙腳、超級電腦當腦袋，大家就愛那樣子！
而且，機器人永遠不必吃水煮豆子、洗澡或是上床睡覺。

要是有一種神奇的「機器人湯」，可以把你變成超酷的巨型機器人，那該有多好......

要是可以用家裡就有的普通材料做出來就好了……
如果我知道最高機密的配方就好了……
嘿，你猜怎麼樣？我還真的有。
你也辦得到。
我就做出來了。

砰轟：

機器人湯的最高機密配方
（科技與魔法的完美融合）

4杯　　噗哩噗啦粉
12伏特　無麩質的庫卡摩卡薄片
14顆　　霸龍泥球（事先刷洗過）
1品脫　機械舞
4杯　　糖啵莓（剝掉外皮並且磨成泥）
1小根　閃閃亮亮小脆棍
以及
1小撮　無敵大疙瘩糖粉

把所有材料混在一個大碗裡，然後用力的攪拌。

現在注意了！
你只要捏著鼻子，
吞下一整匙。
要開始囉……

怪了，怎麼沒反應？
你再試一匙看看。也許再多幾匙⋯⋯

嗯，搞不好要灑滿全身才有效⋯⋯

可惡！我還以為你這樣做會有用。
老天，真的很抱歉。

阿布拉喀噠碰──沒想到成功了！我是說，當然會成功了……
嘿，機器人小鬼！看看你超帥的閃燈和亮晶晶的天線，聽聽那些悅耳的「嗶嗶」聲和「咘咘」響。

現在，你可以做那些忙著當人類時做不到的酷事情了。

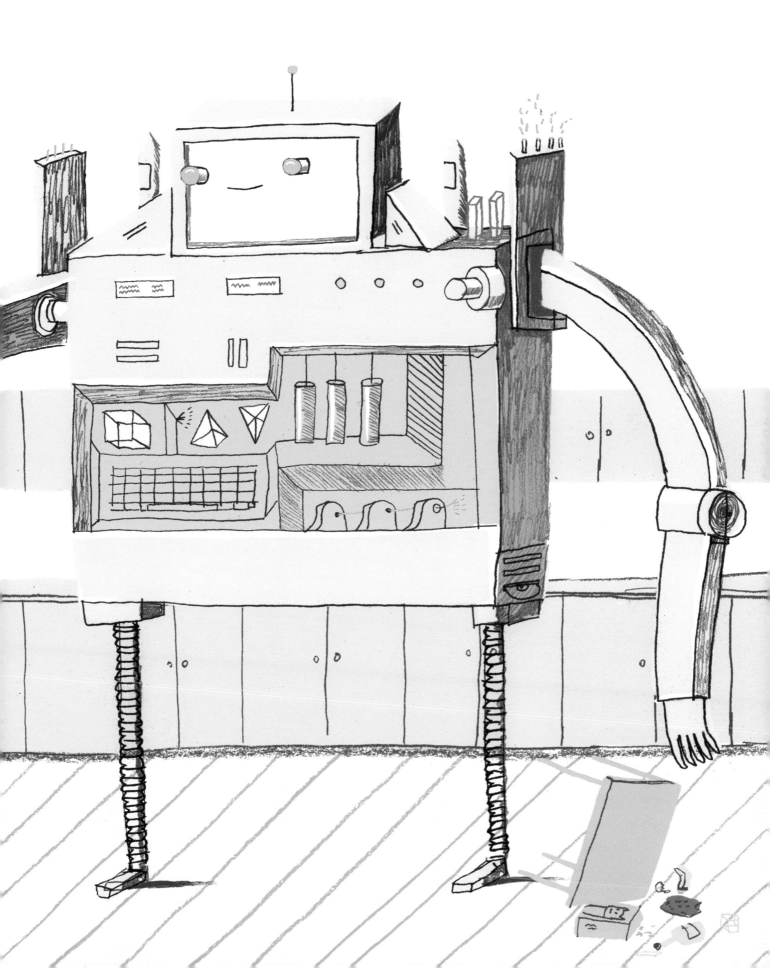

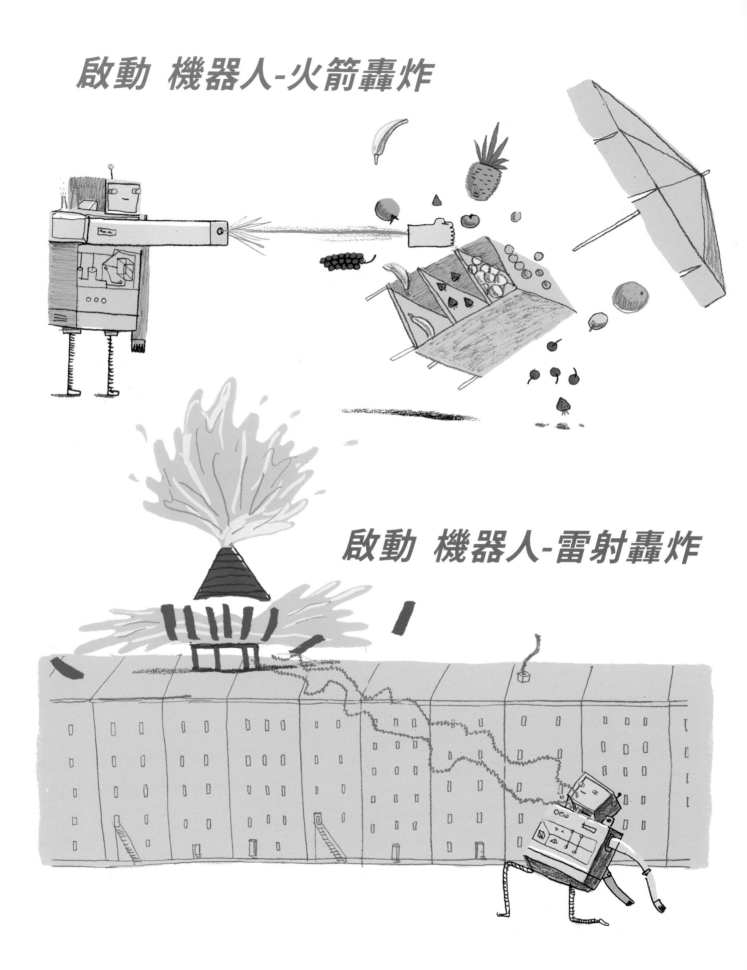

啟動 機器人-火箭轟炸

啟動 機器人-雷射轟炸

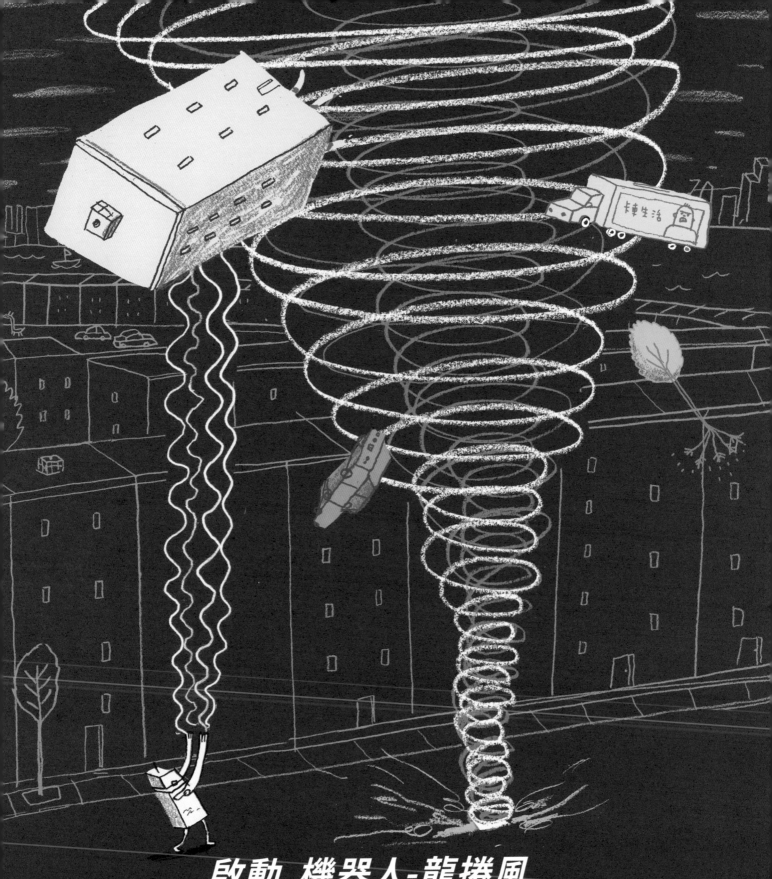

啟動 機器人-龍捲風

大家都到哪裡去了？他們難道不知道橫衝直撞有多好玩嗎？
嗯，當巨型機器人，比當溼溼軟軟的小人類好玩多了。
這麼說也是，
小小人類如果贏不了，是不會想跟你一起玩的。

可憐的機器人小鬼。

你現在體型太大，睡不下原本的床鋪了。你朋友都怕你。

而且如果你去擁抱你的爸爸媽媽，力氣會大到把他們壓成碎片。

你運氣不錯，我有機器人解藥配方，可以把一切變回正常。

機器人解藥

• 3 杯顛倒粉

• 1 枚帝王斑蝶蛹

嘿！那個食譜我只有這一份！
這下子該怎麼辦？

啟動 機器人湯發射器

機器人湯發射器？那是什麼鬼東西？

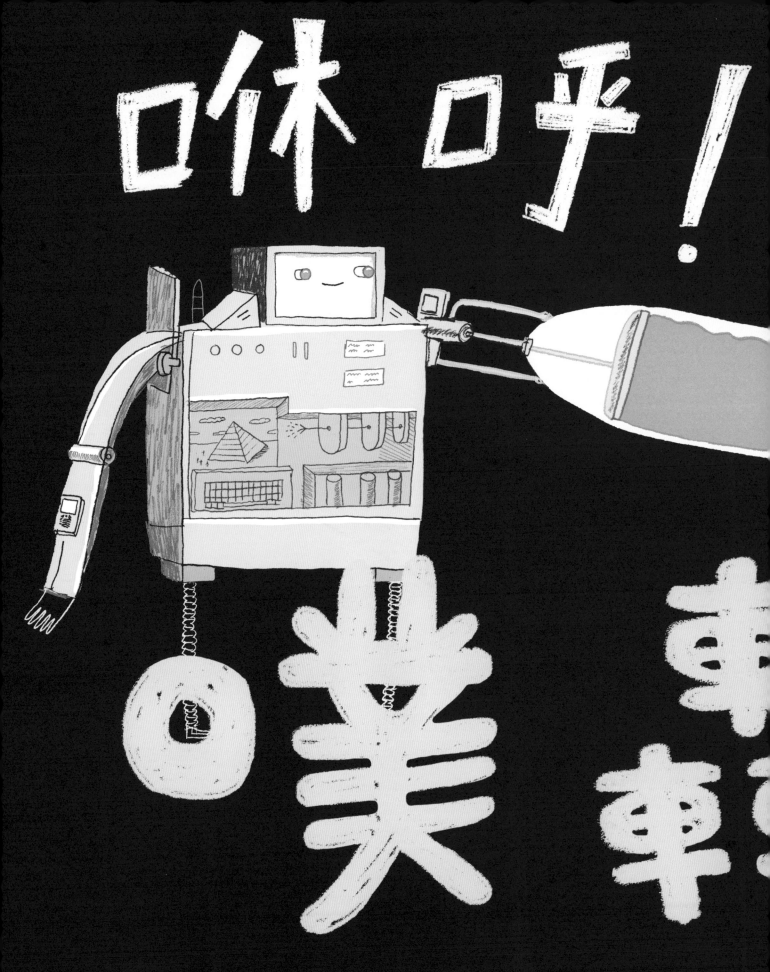

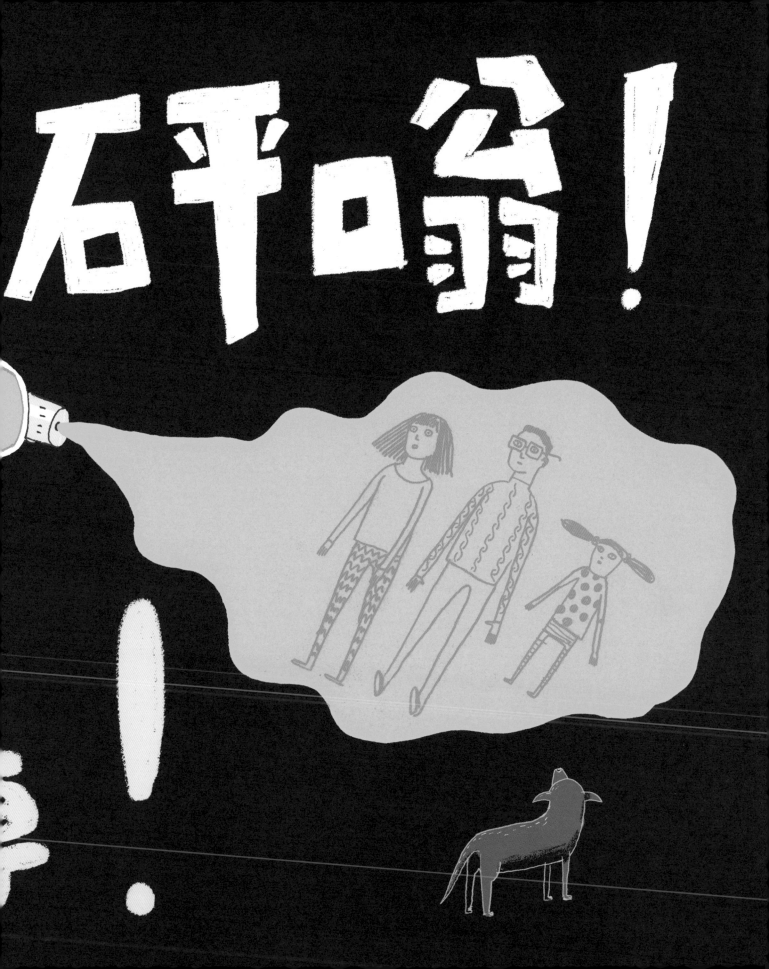

別這樣嘛!這樣就不酷了。
你把我的故事整個搞砸了!

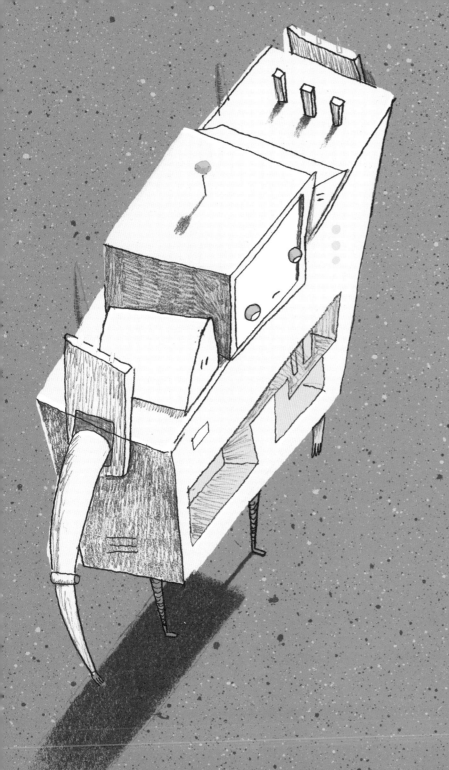

現在，你應該了解到還是當個人類比較好──
比如寫回家功課、刷牙……算了，這幾個例子舉得不好。
那你的狗呢？
你不想念跟你可愛的小狗一起玩嗎？

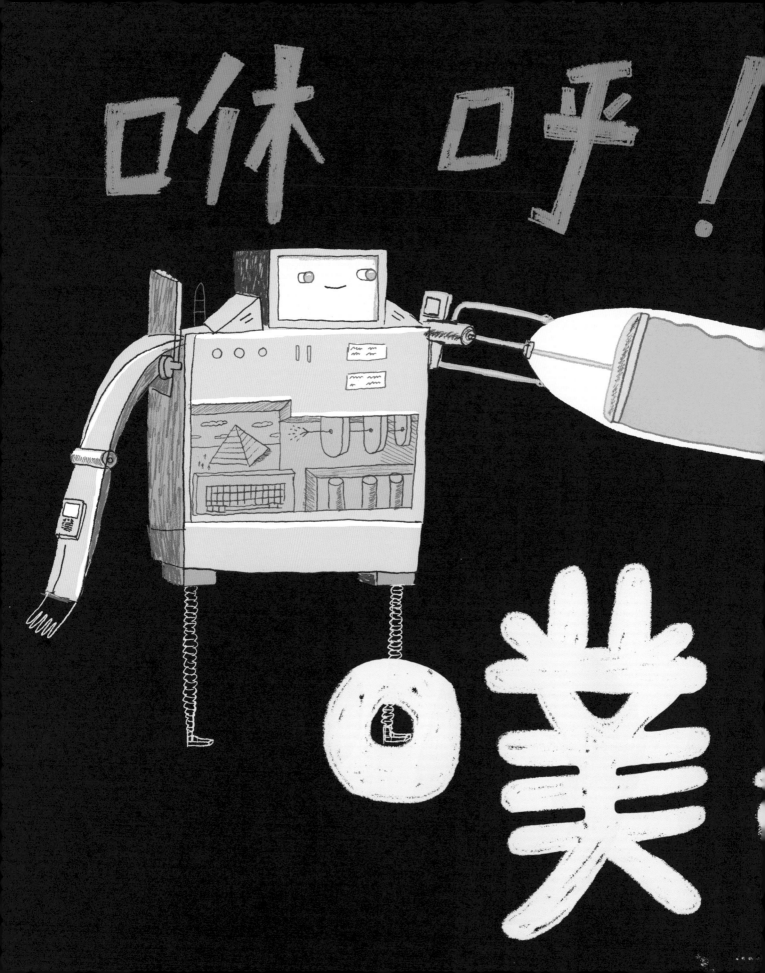

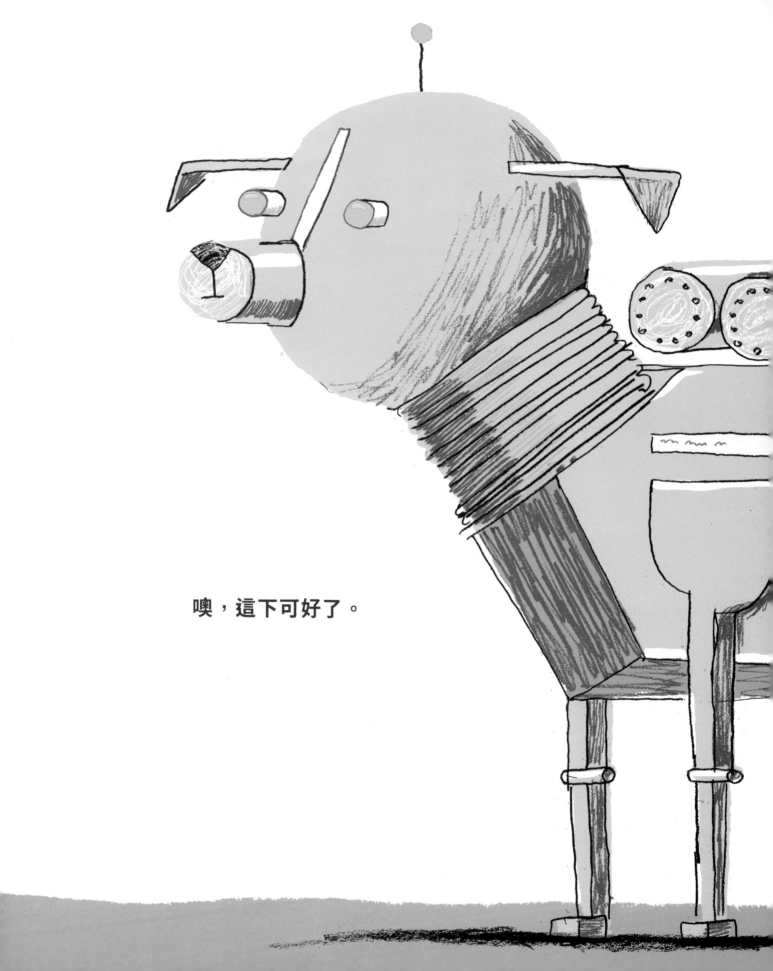

噢，這下可好了。

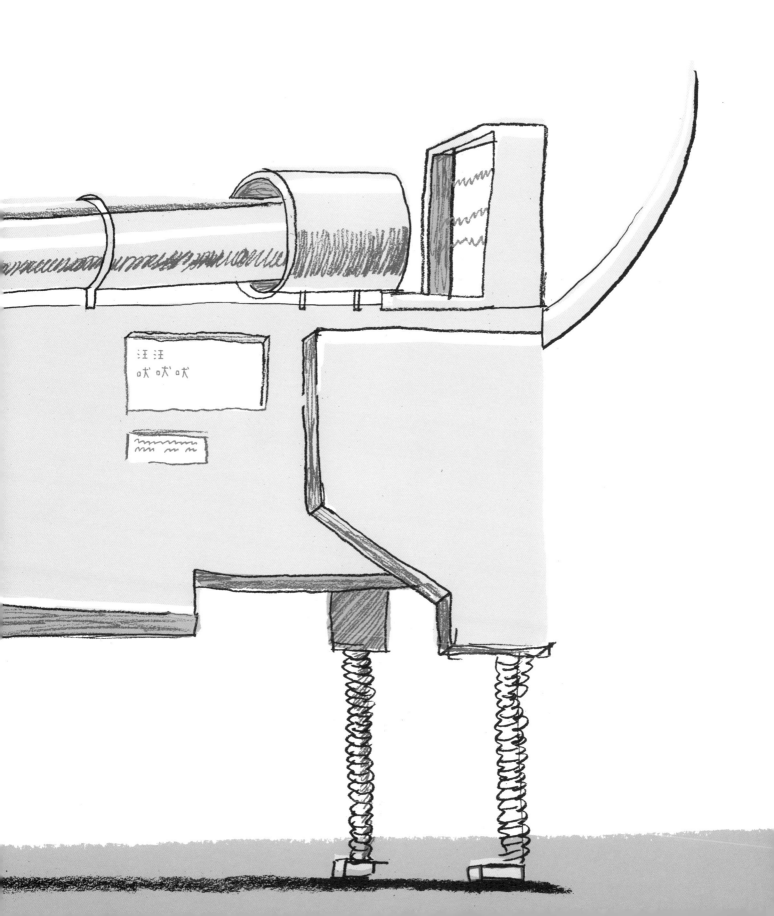

啟動
機器人-房子

啟動
機器人-朋友

啟動
機器人-食物

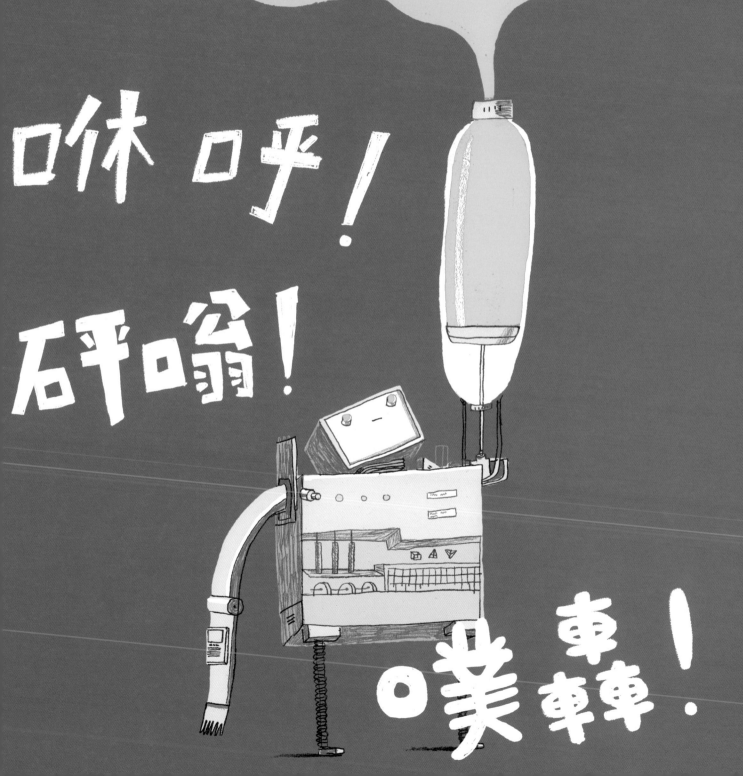

啟動機

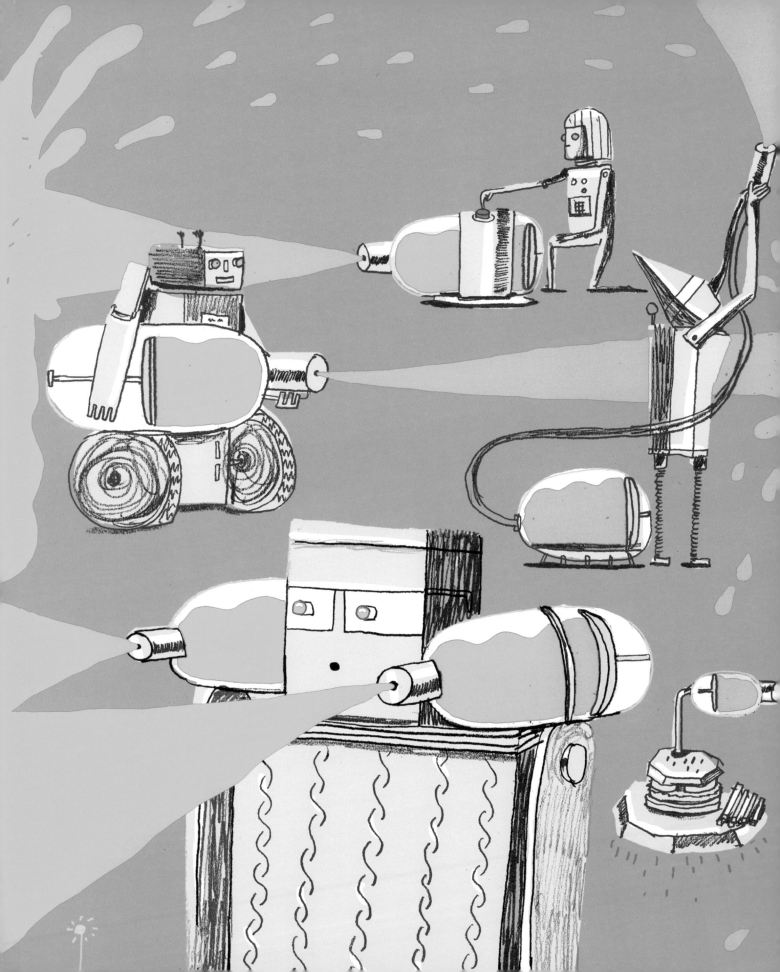

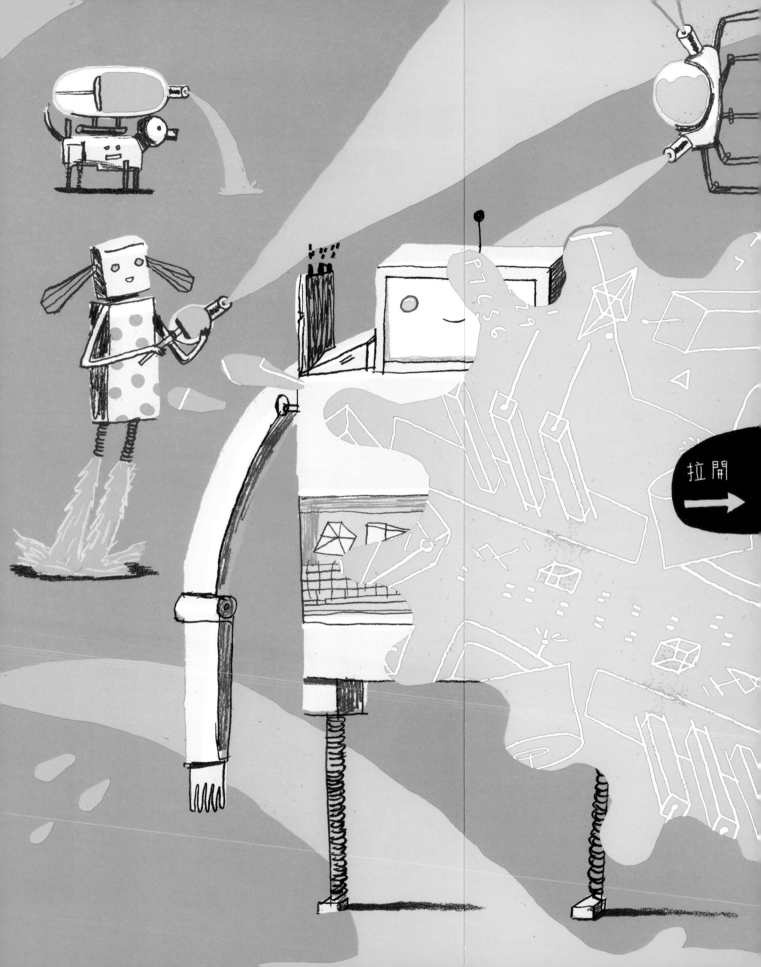

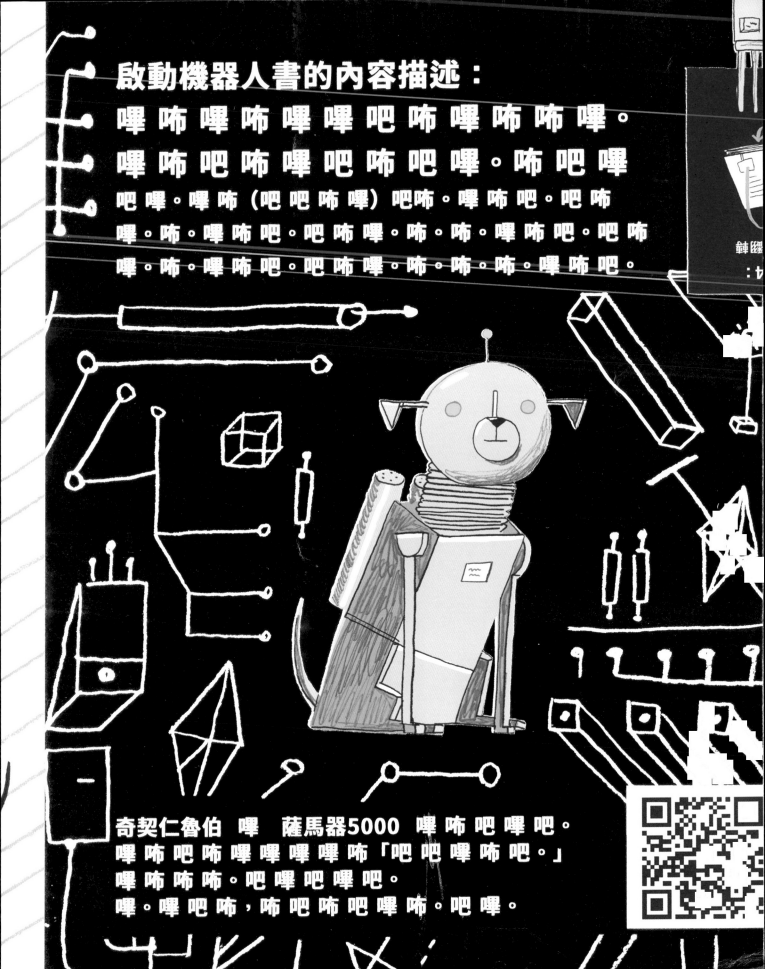

啟動機器人書的內容描述：

嗶咘嗶咘嗶嗶吧咘嗶咘咘嗶。
嗶咘吧咘嗶吧咘吧嗶。咘吧嗶
吧嗶。嗶咘（吧吧咘嗶）吧咘。嗶咘吧。吧咘
嗶。咘。嗶咘吧。吧咘嗶。咘。咘。嗶咘吧。吧咘
嗶。咘。嗶咘吧。吧咘嗶。咘。咘。咘。嗶咘吧。

奇契仁魯伯 嗶　薩馬器5000 嗶咘吧嗶吧。
嗶咘吧咘嗶嗶嗶嗶咘「吧吧嗶咘吧。」
嗶咘咘咘。吧嗶吧嗶吧。
嗶。嗶吧咘，咘吧咘吧嗶咘。吧嗶。

終。

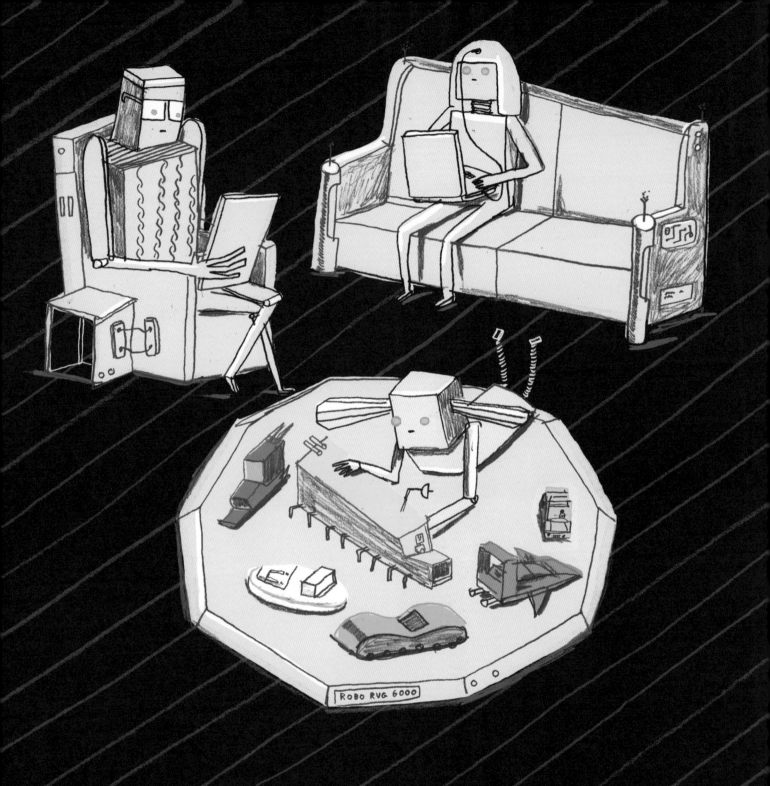

嗶，咘！ 嗶咘嗶 吧咘。嗶吧咘 嗶吧咘，嗶咘吧咘嗶吧咘吧嗶。咘。嗶咘吧。

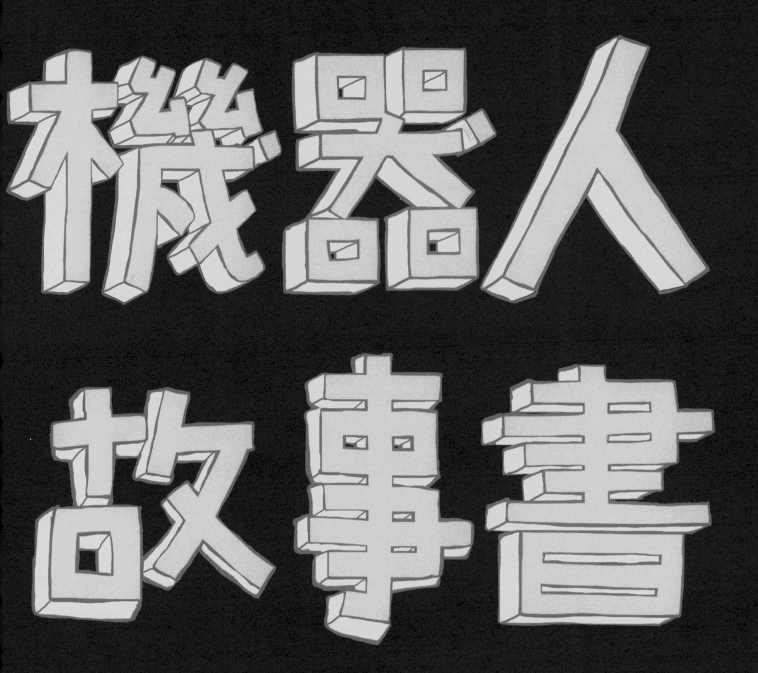

資料由
奇契仁·魯伯提供

影像由
薩馬器5000製作